KB190402

한국 동화의
중국 나들이
韩国童话的
中国旅行

지은이 _ **상해닻별**

닻별은 카시오페이아자리의 순우리말입니다.
우리 '상해닻별'은 모두에게 꿈과 희망을 찾아주는 글을 쓰는 작가가 되고자 합니다.

글 : 김예원 이수연 박서윤 신예원 이수민 최재은
그림 : 여지원 김인하 서해은 정우진 고미주 최정현 이다은 고윤서

엮은이 _ **김묘연**

학생들이 글을 읽고 토론하는 것에 그치지 않고 자신의 삶을 글로 표현하면서 더욱 '성숙한 자아'로 거듭날 수 있을 것이라는 믿음을 가지고 책쓰기 교육에 흠뻑 빠져 있다.
2008년부터 책쓰기 지도 교사를 하면서 학생들의 책을 엮어 출판하였으며, 책쓰기 지도 강사로 활동하면서 〈오만방자한 책쓰기〉(공저)를 저술하였다.
우수 도서로 선정된 〈소녀협주곡 18번〉, 〈꿈의 토핑 한 조각, 희망 소스 한 방울〉, 〈소년 소녀 두근두근〉, 〈동감〉, 〈고삐리의 어떤 하루〉, 〈마음을 그리다〉를 출판하였으며, 〈이과생이 풀어쓴 국어 문법〉과 과학시집 〈시이언스〉와 같이 다양한 책쓰기를 시도할 것이다.

韩国童话的中国旅行
한국 동화의 중국 나들이

초판 1쇄 인쇄_ 2020년 02월 15일 | **초판 1쇄 발행**_ 2020년 02월 20일
지은이_상해닻별 | **엮은이**_김묘연 | **표지그림**_고미주 | **펴낸이**_진성옥 외 1인 | **펴내곳**_꿈과희망
디자인·편집_윤영화·성숙
주소_서울시 용산구 한강대로 76길 11-12 5층 501호
전화_02)2681-2832 | **팩스**_02)943-0935 | **출판등록**_제2016-000036호
E-mail_ jinsungok@empal.com
ISBN_979-11-6186-077-0 42810
※ 책 값은 뒤표지에 있습니다.
※ 새론북스는 도서출판 꿈과희망의 계열사입니다.

韓国童话的中国旅行

한국 동화의 중국 나들이

상해닻별 지음 김묘연 엮음

꿈과희망

목차 目录

2. 한국의 창작동화
韩国的自编童话

떠나는 길

出门之路

당신을 나들이에 초대합니다

저는 2017~2018년을 상해한국학교에서 국어교사로 근무하였습니다. 들뜬 마음과 기대로 잔뜩 부푼 마음으로 상해에 도착했지만 한 달도 채 되지 않아서 다 풀지도 않은 짐들을 그대로 주워 담아 한국으로 돌아가야 되는 건 아닌지 진지하게 고민하던 밤들을 보냈습니다. 해외 여행과 해외에서 산다는 것은 얼마나 다른지를 딱! 맞닥뜨렸던 거죠. 제가 보따리를 싸지 않고 상해에 정착할 수 있도록 조언과 도움을 준 많은 선생님들과 학부모님, 순수하고 열정적인 눈망울을 가진 상해한국학교 학생들, 중국인에 대한 나의 편견을 깨게 해 준 중국인들과의 인연으로 이 책은 시작되었습니다.

2년 동안 근무하면서 학생들에게 자주 듣는 이야기가 있었습니다. 학생들이 한국에 있는 친지들이나 친구를 만났을 때 가장 많이 듣는 말인데요, '너는 외국어는 잘하겠다, 너희는 축복받은 아이들이다, 한국 아이들보다 고생하지 않아도 대학을 갈 수 있으니 너는 감사해라, 힘들다며 엄살 피우지 마라.'라는 말이라고 합니다. '특례입학제도'로 대학을 갈 수 있으니 세상의 모든 특혜를 받은 아이들인 양 하는 말들을 들으면 어느 정도 이해하려고 하지만 한편으로는 자신들을 너무 이해하지 못하고 하는 말들이라 상처를 받기도 한다고 합니다. 그들을 곁에서 보기 전에는 저 역시 잘 모르고 했던 말들로 그들에게 상처를 준 건 아닌지 되돌아보게 되었고 이런 그들을 위해 무엇을 해야겠다는 책무감도 가지게 되었습니다.

멀리서 바라보면 마냥 좋을 것만 같던 그들의 외국어 능력과 두 나라의 문화를 접하며 살아갈 수 있는 환경은 학생들에게는 힘겨운 짐이 될 수 있음을 그들 곁에서 지내면서야 알 수 있었습니다. 어쩌면 한국에서 지내는 학생들보다 더 치열하게 '난 누구

인지? 나는 어떻게 살아야 하나?'와 같은 질문을 안고 살아가고 있지요.

상해한국학교 학생들은 개개인적으로 다른 환경에서 자란 아이들이 만나서 친구가 되어 학교를 다닙니다. 처음부터 한국학교만을 줄곧 다니고 있는 아이, 영어나 중국어 실력의 향상을 위해 국제학교를 옮겨 다니느라 전학을 많이 다닌 아이, 국제학교를 다니면서 입에 맞지 않는 급식에 점심을 안 먹는 습관이 든 아이, 친구나 주변에 대한 스트레스로 손톱을 물어뜯는 버릇을 못 고치는 아이, 중국에 온 지 얼마 되지 않아 '니하오'만 할 줄 알고 지리도 잘 몰라서 집 나서기가 두려운 아이가 있습니다. 반면 중국에서 태어나거나 아주 어린 시절에 중국에 정착해서 한국에 대한 기억이 별로 없는 아이, 한국에는 명절에만 가끔 가서 한국이 낯설고 무섭다는 아이, 중국에서는 괜찮은데 오히려 한국에 가면 알레르기가 생긴다는 아이들도 있으며, 주말 한글학교에서만 유일하게 한국어를 배웠다고 말하는 아이들도 있습니다. 이 아이들이 한 반에서, 한 학교에서 같이 생활을 합니다.

이러한 학생들의 상황들을 지켜보면서 해외에서 지내는 아이들의 이야기, 해외에서 사는 어려움 속에서도 그들이 꿈꾸는 세상을 그들의 언어로 담아보고 싶었습니다. '특례'라는 좁은 틀에서 벗어나 '재외한국인'으로서 더 큰 꿈을 가지고 그 세상에 우뚝 서기'를 바라며 2년에 걸쳐 책쓰기 프로젝트를 진행했습니다. 다양한 문화를 접하는 그들이 '나'를 알고 정체성의 혼란을 거두길, 세상에 당당하게 '자신만의 무늬'를 새기기를 기원하면서 말입니다.

그렇게 독서캠프 주제를 통해 학생들에게 질문을 던졌습니다. 해외에서 살아가는 우리 아이들은 한국인으로서의 자긍심은 있을까? 그들이 생각하는 한국, 한국인은 어떤 것일지? 중국이 더 고향 같다고 말하는 학생들과도 이야기를 나눠보고 싶었습니다. '우문현답'처럼 학생들은 생각했던 것보다 강렬하고 분명하게 자신의 색을 담은 목소리로 답했고 그들의 길을 찾아가는 모습을 보여줬습니다. 이러한 과정을 통해 탄생한 상해한국학교의 학생 저자 도서는 이 책 외에도 〈꽃다발 한아름〉, 〈상하이라이트〉, 〈입술 끝에 스치는 향기〉 3권이 더 있습니다.

'한국 동화의 중국 나들이'는 한국의 동화를 중국어로 번역하여 한국문학을 중국에 알리겠다는 포부로 만들어진 한국 동화의 중국어 번역본입니다. 다른 책들이 학생들의 생각을 직접적으로 드러낼 수 있었음에 비해 이 책은 원본 텍스트를 벗어날 수 없으므로 작가의 생각을 표출해 낼 수는 없었습니다. 하지만 이 책을 만들면서 학생들은 자신의 진로와 꿈을 더욱 고민하게 되었고 기계적인 번역을 넘어서 '학생이 쓴 한국 동화 최초의 중국본'을 쓴다는 자부심과 한국을 알리겠다는 포부를 담아냈습니다.

이 책을 만들기 위해서 학생들은 먼저 한국 동화와 중국 동화를 비교해 보고 중국인에게 소개하기 좋은 한국 동화만의 개성을 담고 있는 작품, 동화에 담긴 공통적인 요소를 통해 소통할 수 있는 부분을 점검하는 회의를 했습니다. 그리하여 '해님달님, 흥부놀부, 젊어지는 샘물, 바보 온달, 구미호'를 선정하였으며, '웃는 소녀. 아니, 우는 소녀'라는 창작 동화도 함께 실었습니다. 또 이 책이 중국어를 공부하는 한국 독자들에게는 익숙한 동화로 중국어를 배울 수 있는 책이 되도록 독자층을 넓힘으로써 학생들의 사명감도 커졌습니다.

중국에서 살면서 우리 학생들이 어렵게 배운 중국어 실력을 발휘해 볼까? 하고 시작했지만 생활 중국어를 넘어서기 위해서는 더 많은 공부를 해야 했습니다. 언어만 변환하는 것이 아니라 '우리의 것'을 가장 적절하고 적합하게 전달할 수 있도록 고민하는 동안 우리의 것에 대한 애착도 더 깊어졌습니다. 그리고 각 동화마다 다른 학생들이 삽화를 그려 넣음으로써 작품마다 다른 개성을 보여주고자 미술부 학생들의 고심이 컸습니다. 또한 미술부는 아니지만, 평소 그림 그리기를 즐겨 하던 학생들도 재능을 발휘하여 참여함으로써 그들의 향상된 자신감도 책에 담아냈습니다.

아이들이 책을 쓰는 과정을 지켜보면서 그들이 마음에 심은 씨앗을 볼 수 있었습니다. 그 씨앗이 자라서 피어날 미래를 상상하는 건 너무나 황홀한 일이라 글을 읽는 내내 신이 났습니다. 아이들 마음에 심은 씨앗이 상해에서 시작해서 한국과 중국 전역으로, 그렇게 우주에 펼쳐질 그날을 고대합니다.

마지막으로 감사 인사를 덧붙입니다. 이 책은 수많은 사람들의 손을 거쳐서 완성되었습니다. '꽃다발 한아름'의 학생 저자 9명의 학생이 책쓰기 멘토단으로 나서 멘토로서 후배들의 책쓰기 추진계획서 작성부터 초고 쓰기 이후 거듭되는 퇴고의 과정까지 함께 하면서 격려의 자리를 마련해 주었습니다. 원고를 편집해 준 최주영 학생과 몇 날 며칠을 밤새워 디자인 작업을 한 김예원, 여지원 학생이 없었다면 이 책은 완성되지 못했을 것입니다. 무엇보다 중국어 감수를 해 준 차현주, 장채연 학생, 薛圣喜(설성희), 杨潘(양판) 선생님의 덕택으로 잘못되고 놓친 부분들을 가장 적절한 중국어로 고치고 기워낼 수 있었습니다.

학생들과 책쓰기 활동을 이어갈 수 있도록 독서캠프를 함께 준비해 주신 상해한국학교 선생님들께 감사드립니다. 처음 책쓰기의 기반을 함께 만들어 주신 서현경, 이영숙, 박정희, 정미영, 정혜련, 이향구, 백순자, 김태영, 최영훈, 김정호 사서 선생님께 감사드립니다. 책쓰기 프로젝트를 이어갈 수 있도록 도움 주신 심욱환, 지강희, 송용실, 정하균 선생님과 2년간의 책쓰기 프로젝트를 지지해 주신 신현명 (전)교장 선생님, 대구책쓰기지원팀장 이금희 수석 교사와 웨이하이한국학교 김은숙 선생님께도 감사함을 전합니다. 책 출판 작업을 위해 상해에서 자료 정리를 해 준 지강희 사서 선생님과 전병석 상해한국학교 교장선생님의 후원으로 한국에서 원만하게 출판 작업을 마무리할 수 있었습니다. 이 책이 중국 독자들의 손에 닿을 수 있도록 상해한국학교 선생님과 학생들이 아이디어를 모아주시길 바라며 이것이 또 새로운 역사로 쓰일 것이라 믿습니다.

무엇보다 재중 한국 학생들에게 관심을 가지고 2019년 대구시 책축제에 초청하여 한국 독자들에게 이 책을 알릴 기회를 준 강은희 교육감님, 김차진 미래교육과장님, 허미정 장학관님, 김정희 장학사님, 안현주 선생님과 대구시 책쓰기지원단 선생님들께 깊은 감사를 표합니다. 이런 기회가 동력이 되어 학생들은 더 큰 꿈을 가지게 되었습니다.

중국뿐만 아니라 중국을 거쳐 세계로 뻗어 나가겠다는 아이들의 포부와 꿈을 잘 담아내기 위해 함께 고민하고 작업해 주신 '꿈과희망' 출판사 김창숙 편집장님을 비롯하여 여러 직원분들도 진심으로 감사드립니다.

지금, 우리의 손에 들려 있는 이 책을 보니 쌀 한 톨에 담긴 우주의 정성을 보는 듯 감격스럽습니다. 이 책이 하나의 씨앗이 되어 피워낼 새로운 이야기를 기대합니다.

2020년 2월, 상해에서의 2년을 돌이켜보며

상하이 묘샘 씀.

1。한국의 전래동화
1. 韩国的传说童话

해님달님

太阳和月亮

글: 김예원 그림: 여지원
金艺园 吕智源

옛날에 깊은 산골에 엄마와 오누이가 살고 있었어.

很久以前，妈妈和兄妹住在深山沟里。

엄마는 돈을 벌기 위해서 아랫마을에 일하러 가야 했어.

为了赚钱，妈妈要下山工作。

일을 하러 가기 전, 엄마는 오누이에게 당부했어.

去工作之前，妈妈嘱咐了兄妹。

"엄마가 없을 때는 아무한테도 문을 열어 주면 안 된단다."

"妈妈不在的时候，不要给任何人开门。"

일을 마치고, 엄마는 떡을 받아 집으로 돌아가고 있었어.
妈妈下班后，拿着年糕回家的路上。
한 고개를 넘어가고 있을 때 호랑이가 나타났어.
越过一个山头时，突然老虎出现了。
"떡 하나 주면 안 잡아먹지!"
"给我一个年糕的话，我就不吃你！"
엄마는 떡을 하나 꺼내 호랑이에게 주었어.
妈妈不得不拿出一个年糕给老虎吃。
두 번째 고개를 넘어가는데 호랑이가 또 나타났어.
当妈妈翻越第二个山头的时候，老虎又出现了。
"떡 하나 주면 안 잡아먹지!"
"给我一个年糕的话，我就不吃你！"
호랑이는 한 고개를 넘어갈 때마다 나타나 엄마의 떡을 먹어 치웠어.
于是老虎每越过一个山头就会出现并吃掉妈妈的年糕。

엄마가 마지막 고개를 넘어갈 때, 호랑이가 또 나타났어.
妈妈翻过最后一个山头的时候，老虎又出现了。
"떡 하나 주면 안 잡아먹지!"
"给我一个年糕的话，我就不吃你！"
그러나 엄마에게는 남은 떡이 없어 호랑이에게 부탁했어.
"이제 떡이 없어요. 살려주세요."
可是，妈妈没有剩余的年糕了，于是拜托老虎说：
"我现在没有年糕了。求求你放我一命吧。"
그러나 호랑이는 "떡이 없다고? 그러면 너를 잡아먹어야겠다!"
但老虎说："居然没有年糕？那我要吃了你！"
하고 엄마를 삼켜버렸어.
于是老虎就把妈妈活吞了。

호랑이는 엄마의 옷을 입고 오누이가 있는 집으로 갔어.

老虎穿着妈妈的衣服，去了兄妹的家。

"애들아, 엄마 왔다."

"孩子们，妈妈回来了！"

호랑이의 목소리를 들은 여동생이

밖에서 들리는 목소리가 우리 엄마 목소리 같지 않다고 하자, 호랑이가 답했어.

"찬 바람을 쐬어 목이 쉬어서 그렇단다."

听到老虎声音的妹妹说从外面听到的声音不是我妈妈的声音,

老虎听后回答："因为风吹的，所以我嗓子哑了。"

오빠가 "손을 내밀어 보세요."라고 말했고,

于是哥哥说："请把手伸进来"，

호랑이는 손을 내밀었어.

老虎听后将自己的手伸了进来。

호랑이의 손은 엄마의 손과 다르게

크고 털이 많았어.

老虎的手和妈妈的手不一样，

不仅大而且有很多毛。

오누이는 손을 보고 이상하다는 생각이 들어 문틈으로 밖을 엿보았어.
그리고 엄마의 옷을 입은 호랑이의 모습을 보고 깜짝 놀랐어.
兄妹看到老虎的手，有所怀疑，于是从门缝中偷偷观察，
发现老虎穿着妈妈的衣服的场面而吓一跳。
오누이는 뒷문으로 몰래 도망쳐 우물 옆에 있는 나무 위에 숨었어.
兄妹俩偷偷地从后门逃跑，躲在井旁的树上。
호랑이는 뒤늦게 오누이가 뒷문으로 도망쳤다는 것을 알아차렸지.
后来，老虎发现兄妹已经从后门逃跑了。

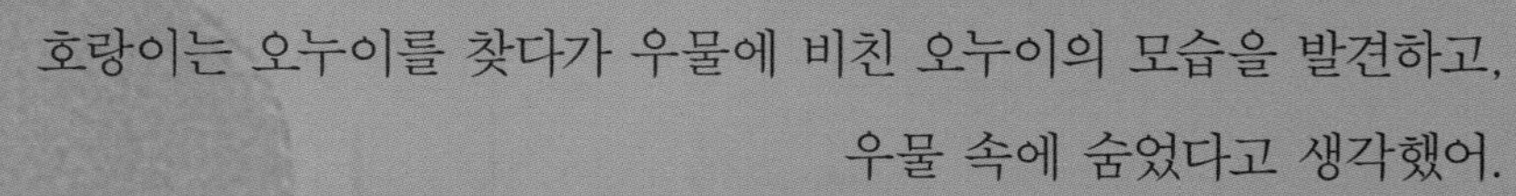

호랑이는 오누이를 찾다가 우물에 비친 오누이의 모습을 발견하고,
우물 속에 숨었다고 생각했어.
老虎在寻找兄妹时，发现兄妹的影子在井里，以为他们藏在井里了。
호랑이는 물에 비친 오누이를 잡으려고 바둥거렸어.
老虎为了抓水中的兄妹而抓狂。

그 모습을 본 동생이 웃는 바람에,
나뭇잎이 우물 위에 떨어져
호랑이가 오누이가 나무 위에 숨었다는 것을
알아차렸어.
当妹妹看到老虎抓狂的样子笑了笑，
于是树叶掉在井里，
这时老虎发现兄妹躲在树上了。

호랑이가 오누이를 향해 물었어.
"너희 나무 위에 어떻게 올라갔니?"
老虎问兄妹:"你们究竟怎么爬到树上的?"
오빠가 답했지.
"손에 참기름을 듬뿍 바르고 올라왔어!"
哥哥回答:"手上涂满了麻油就可以爬上来了!"
그 말에 속은 호랑이는 손에 참기름을 바르고
나무를 오르려고 했어.
被哥哥误导的老虎，手上涂满很多麻油，试图爬树。
그러나 참기름 때문에 미끄러져 바닥으로 떨어졌어.
但是，因为麻油太滑掉地上了。

여동생이 웃으면서 말했어.
"바보! 우리는 도끼로 찍으면서 올라왔는데!"
妹妹笑着说："傻瓜！我们一边用斧头一边爬上树的！"
그 말을 듣고, 호랑이는 도끼로 나무를 찍으며
성큼성큼 나무를 올랐지.
听到这句话，老虎也用同样的方法开始爬树了。
그 모습을 본 오누이는 무서워서 떨었어.
看到这场面，兄妹吓得一哆嗦。
그리고 하늘을 향해 기도했어.
然后对上天祈祷。
"동아줄을 내려 저희를 살려주세요."
"上天呀！请帮帮我们，
放下粗绳救救我们吧！"

그러자 하늘에서 동아줄이 내려왔어.

然后，一根粗绳从天而降。

오누이는 동아줄을 타고 하늘로 올라갔어.

兄妹抓着粗绳上天了。

그 모습을 본 호랑이도 하늘을 향해 기도했지.

看到那场景，老虎也对上天祈祷。

"동아줄을 내려주세요."

"请帮我也放一根粗绳吧！"

그리고 얼마 후 동아줄이 내려왔어.

不久，粗绳下来了。

호랑이는 오누이를 쫓아가려고 했지만,

동아줄이 끊어지고 말았어.

老虎想追赶兄妹，但是粗绳断了。

호랑이에게 내려진 줄은 썩은 동아줄이었거든!

原来那是一根烂的粗绳！

썩은 동아줄을 잡은 호랑이는 수수밭에 떨어져 죽었어.

抓住烂粗绳的老虎掉在高粱田地里摔死了。

이때 수수밭이 호랑이의 피에 물들어 붉어졌다고 해.

这时高粱田地被老虎的鲜血染红了。

그리고 하늘로 올라간 오누이는 해와 달이 되었단다.

后来到天空的兄妹变成了太阳和月亮。

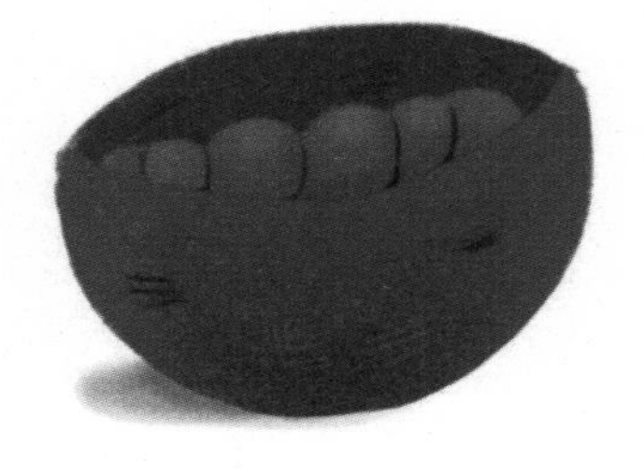

부
놀부
이수연
李守软
그림· 김인하
金璘霞

옛날 옛날에 홍부와 놀부라는 형제가 살았어.

很久以前，有一对兄弟叫兴夫和孬夫。

형인 놀부는 뭐든지 자기 마음대로 하는 욕심꾸러기였지.

哥哥叫孬夫，不管做什么事都随心所欲，是个很贪心的人。

그러나 동생인 홍부는 아주 착했어.

但是弟弟兴夫很善良。

어느 날 부모님이 돌아가셨어.

有一天，他们的父母去世了。

그러자 놀부는 부모님의 재산을 혼자 차지하려고 흥부네 식구를 모두 내쫓았어.

于是孬夫为了独占父母的财产，把兴夫一家都赶出了家门。

"흥부, 네 이놈! 어서 썩 꺼지지 못할까!"

"哼，你这家伙，快走开！"

하지만 겨울이었던 터라 가난한 흥부는 집을 나갈 수가 없었어.

但是因为生活贫穷，所以兴夫不能离开。

“형님, 저희는 가난하고 밖은 한겨울인데 도대체 어디로 가란 말씀이신가요?

갈 곳 없는 저희를 한 번만 봐주시면 안 될까요?”

“大哥，这大冬天的，我们又没有钱，到底要去哪里呢？可不可以饶我们一命？”

그러자 놀부는 "그건 너희의 사정이다. 나가서 초가집이라도 짓고 살아라!"라고 대답했어.

于是孬夫回答："那是你们的事情，出去建个草屋住吧！"

끝내 흥부네 가족은 집을 나가게 되었어.

最终，兴夫和家人无可奈何地离开了家。

하지만 착한 흥부는 놀부를 원망하지 않았어.

但善良的兴夫并没有抱怨孬夫。

홍부는 작은 초가집을 짓고 열심히 일을 했어. "영차영차".

兴夫建了个小草屋，努力工作着。"嗨哟，嗨哟"

하지만 워낙 자식이 많고 가난했던 터라 생활은 좀처럼 나아지지 않았어.

但因子女多，生活也困难，所以生活并没有任何好转。

홍부는 아이들을 굶겨 죽일 수 없었기 때문에 놀부에게 찾아가 사정을 했어.

兴夫为了不能让孩子们饿死，所以去找哥哥孬夫求情。

“형님 쌀을 조금만이라도 주세요.”

“哥哥，请给我点儿米可以吗。”

하지만 그러자 놀부는 “난 너 같은 동생 둔 적 없다.”라고 말했어.

但孬夫却说：“我从来没有过像你这样的弟弟。”

하는 수 없이 흥부는 놀부의 부인에게 가서 사정을 했어.

无可奈何的他只好去孬夫妻子那里求情。

그러자 놀부의 부인은 밥을 덜던 주걱으로 흥부의 얼굴을 철썩 때렸어.

但是孬夫的妻子用饭勺猛打了兴夫的脸。

“네놈에게 줄 쌀 따위는 없다!”

“没大米给你们这些人!”

흥부는 너무 배가 고픈 나머지 맞을 때 얼굴에 묻은 밥풀을 떼어 먹었어.

就因为兴夫太饿了，在被挨打时把脸上的饭粒摘下来吃掉了。

흥부는 결국 쌀을 얻지 못하고 집으로 돌아갔지.

最终他没有拿到任何东西，只好回家了。

어느덧 계절이 바뀌고 따듯한 봄이 왔어.

不知不觉中，季节变了，温暖的春天到了。

가난한 흥부네 집 처마 밑에도 제비들이 둥지를 짓고 알을 낳았지.

在兴夫家屋檐下，燕子筑巢生蛋了。

어느 날 구렁이가 제비집에 있는 새끼 제비들을 잡아먹으려고 나타났어.

有一天，蟒蛇出来捕食燕窝里的小燕子。

홍부는 구렁이를 보고 “앗! 저 구렁이가……”라고 말하며 구렁이를 쫓아냈지.

兴夫看到蟒蛇说：“啊，蟒蛇……”说着就把蟒蛇赶走了。

하지만 새끼 제비 한 마리가 둥지에서 떨어져 그만 다리를 다치고 말았어.

可是一只小燕子不小心从窝里掉下来，腿受伤了。

홍부는 “아이고 이 불쌍한 것……”이라고 하며 새끼 제비를 치료해 주고 정성껏 돌봐 주었지.

兴夫说：“哎，可怜的小的们……”，说着他就给小燕子治疗，而且照料的特别精心。

가을이 되자 완전히 회복한 제비를 놓아주며 다음 해 봄에 다시 오라고 했어.

到了秋天，完全康复的燕子被自由放飞了，并告诉它明年春天再来。

다음 해 봄, 홍부네 집 근처에서 “지지배배, 지지배배!!” 소리가 났어.

第二年春天，兴夫家附近有燕子在叽叽喳喳的叫。

위를 보니 제비가 박씨를 물어왔지 뭐야!

一看上面，燕子竟然咬出了葫芦！

제비가 그 박씨를 흥부네 집 마당에 떨어트리고 갔어.

燕子把葫芦籽送到了他家的院子里。

홍부는 그 박씨를 냉큼 담 밑에 정성껏 심었지.

兴夫认认真真地把燕子带来的种子种在地里。

며칠 만에 홍부네 집 지붕을 다 덮을 정도로 커다란 박이 주렁주렁 열렸지.

没过几天，兴夫的院子里长满了葫芦。

홍부네 식구는 모두 마당에 모였어. "자, 어서 박을 타봅시다!!"

兴夫一家都聚到了院子里，"来，快来一起做瓢吧！"

흥부와 아내는 박을 타기 시작했어.

兴夫和妻子开始摘瓢了。

"슬금슬금 톱질이야, 이 박을 타면 우리 가족 배부르지 큰 바가지 생긴다네."

"只要能把这个葫芦打开，我们家就能吃饱饭了。"

드디어 박이 갈라지더니 흰쌀이 쏟아져 나왔어.

瓢裂后，白米层出不穷。

흥부와 아내는 흰쌀을 보고 기분이 좋아졌어. “이게 웬 횡재야!”

兴夫和妻子看到白米后，心满意足。“这是发了什么财运啊！”

흥부와 아내는 신이 나서 두 번째 박을 타기 시작했어.

兴夫和妻子兴高采烈地敲开了第二个葫芦。

“슬근슬근 톱질이야, 이 박을 타면 우리 가족 배부르지 큰 바가지 생긴다네.”

“打开这个葫芦的话，我们家就会吃饱饭了。”

두 번째 박이 갈라지더니 이번에는 금은보화가 쏟아져 나왔어.

第二个葫芦开裂了，金银财宝涌了出来。

흥부와 아내는 기분이 더 좋아져서 세 번째 박을 타기 시작했어.

兴夫和妻子更加心满意足了，开始敲第三个葫芦。

"슬금슬금 톱질이야 이 박을 타면 우리 가족 배부르지 큰 바가지 생긴다네."

"敲开这把葫芦的话，我们家就会吃饱饭了。"

세 번째 박이 갈라지더니 이번에는 목수들이 나와 흥부 가족에게 대궐 같은 집을 지어 줬어.

第三个葫芦裂开后，这次出来的是一队木工。木工们出来给兴夫家建造了宫殿般的房子。

흥부는 마을에서 제일 가는 부자가 되었지.

于是兴夫成了村子里最富裕的富人。

놀부는 흥부의 소식을 듣고 샘이 났어.

孬夫听了兴夫的消息后，心里很不是滋味。

그래서 일부러 새끼 제비의 다리를 부러뜨리고 치료를 설렁설렁 해 줬지.

他故意弄断了小燕子的腿，并且马马虎虎地把它治疗完了。

다음 해 봄, 새끼 제비는 놀부에게 박씨를 가져다 주었어.

第二年春天，小燕子给孬夫带来了葫芦籽。

놀부가 박씨를 심고 며칠 후에 지붕에 커다란 박이 열렸어.

孬夫种了葫芦子，几天后房顶上结了硕大的葫芦。

놀부와 놀부 부인은 신이 나서 박을 타기 시작했어. "이 박을 타면 우리도 부자다!"

孬夫和孬夫夫人开始兴高采烈地敲打葫芦。"打开这个葫芦的话我们也是富翁了！"

첫 번째 박이 갈라지더니 도깨비들이 "너희가 악명 높은 놀부와 놀부 부인이구나!"라고 말하며 두 사람을 마구 때리기 시작했어.

第一个葫芦开裂后，鬼怪们说："原来你们就是举世闻名的孬夫和孬夫老婆啊！"说完开始对两人拳打脚踢。

놀부는 이대로 포기할 수 없어서 두 번째 박을 타기 시작했지.

孬夫觉得不能放弃，所以开始敲第二个葫芦。

“이번에는 반드시 금은보화가 나올 것이오!”

“这次一定会有金银财宝出现！”

그러나 두 번째 박에서는 도깨비가 나와서 놀부의 집을 부숴 버렸어.

但第二个葫芦开裂后，鬼怪又出来了，这次砸碎了孬夫的房子。

“아이고 내 집!”

“哎呀，我的家！”

금은보화를 포기할 수 없었던 놀부는 마지막 박도 타기 시작했어. "이번엔 반드시 나올 것이오!"

无法放弃金银财报的孬夫，决定把最后一个葫芦也打开。"这次一定会出来的！"

그러나 마지막 박에서는 똥물이 쏟아져 나왔어.

可是最后出来的却是粪水。

놀부는 후회하기 시작했지. “아이고, 내가 너무 욕심을 부렸어!”

孬夫开始后悔了。“哎呀，我太贪心了！”

이러한 놀부의 소식을 들은 흥부는 놀부 부부에게 같이 살자고 했어.

听到这些孬夫的消息，兴夫跟孬夫夫妇说要一起生活。

"형님, 저희 집에서 같이 삽시다."

"大哥，咱们住在一起吧。"

그날 이후로 흥부와 놀부는 의좋게 오래오래 살았어.

从那天以后，兴夫和孬夫和谐地住在了一起。

젊어지는 샘물
神奇的泉水
글 박서윤 朴叙润
그림 서해은 徐海恩

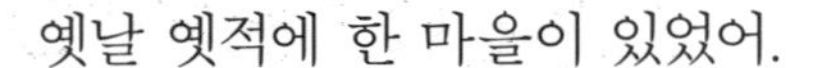

옛날 옛적에 한 마을이 있었어.

很久以前，有一个动不动就吵闹的村庄。

그 마을에는 착하기로 소문난 할아버지 할머니도 있었고 성질 고약하기로 소문난 할아버지도 있었어.

村里有个性格善良的爷爷奶奶，当然还有坏脾气的爷爷。

자기 자신밖에 생각하지 않는 그런 이기적인 할아버지 때문에 마을 사람들이 항상 힘들어했어.

因为那些只想着自己的老爷爷，村里的人总是很痛苦。

마음씨 착한 할아버지는 자기 가족들을 위해 하루도 빠짐없이 나무를 하러 다녔어.

하지만 몸이 예전 같지 않았어.

心地善良的爷爷为了自己的家人每天都去砍柴，但身体却不如以前了。

마음씨 착한 할아버지는 나무를 더 하고 싶었지만 하지 못해 괴로워했어.

不知道他的心肠有多善良以至于爷爷想多砍些树，但可惜没力气砍，所以他很痛苦。

그날에도 할아버지는 나무를 하고 있었어.

那天善良的爷爷正在砍树。

그런데 어디선가 새소리가 들리더니 파랑새 한 마리가 날아와 지게에 앉아 노래를 부르는 거야.

不知从哪里传来了鸟叫声，飞来一只青鸟坐在背架上唱歌。

새가 날아가자 할아버지는 뭔가에 홀린 듯 자기도 모르게 파랑새를 쫓아갔어.

当鸟儿飞走时，爷爷奋不顾身追着青鸟。

할아버지는 파랑새를 놓칠세라 몸이 아픈지도,

목이 마른지도 모르고 이곳저곳 열심히 달렸지.

爷爷不想失去那只青鸟，他忘了自己的身体不好，也忘了他的口渴。

파랑새는 어느 한 샘물 앞에 멈추곤 하늘 위로 날아가 버렸지.

青鸟在泉水前停了一下，又飞向天空。

마침 목이 엄청 말랐던 할아버지는 그 샘물을 벌컥벌컥 마셨지.

嗓子干燥的爷爷咕嘟咕嘟喝下了泉水。

그러자 할아버지는 세상이 핑그르르 도는 것처럼 보였어.

그리고 잠이 쏟아져 그만 잠이 들고 말았어.

喝够了，爷爷晕晕乎乎地睡着了。

얼마나 지났을까, 할머니는 오지 않는 할아버지를 목이 빠질 듯이 기다렸지.

不知过了多久，老奶奶等着迟迟没有来的爷爷，嗓子都哑了。

너무 걱정이 된 나머지 마음씨 고약한 할아버지한테 가서 날이 어두우니 같이 가서 찾아 달라 부탁했지만,

역시 마음씨 고약하단 소문이 괜히 난 게 아닌가 봐.

할머니의 부탁을 단칼에 거절해 버렸지 뭐야.

于是老奶奶请求黑心的爷爷一起去找他，果然和谣言一样的他，拒绝了老奶奶的请求。

결국 할머니는 해가 뜨기를 기다리며 뜬눈으로 밤을 새웠어.

老奶奶只好眼睁睁地看着太阳升起，一夜不睡。

다음 날, 할머니는 이곳저곳을 돌아다니며 할아버지를 찾았지.

第二天奶奶继续四处寻找爷爷，终于找到了他。

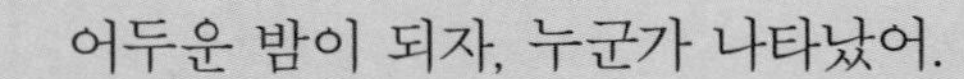

어두운 밤이 되자, 누군가 나타났어.

할머니는 할아버지인 줄 알고 바로 달려갔지만, 웬 젊은이가 서 있었어.

漆黑的夜晚看见有人，奶奶以为是爷爷就跑过去了，但没想到是个年轻人！

할머니는 실망하여 다시 돌아가려고 했어. 하지만 젊은이가 "할멈! 나야 나!" 하는 게 할아버지 같은 거야.

奶奶失望了，想再去找，但年轻人却说："亲爱的，是我呀！"

그 목소리는 왠지 모르게 친근하게 느껴졌어. 할아버지 같다고 할까.

다시 자세히 보니 옷이며, 지팡이며, 지게며 다 할아버지 것이 분명했어.

不知什么原因听起来很熟悉，像爷爷的声音。再细看衣服和拐杖很明显就是爷爷的。

젊은이가 된 할아버지는 할머니를 보곤 자신이 어떻게 이렇게 젊어졌는지 하나하나 설명해 주었어.

年轻的人告诉奶奶他为什么变成这样。

이야기를 다 들은 할머니는 의아해하면서도 궁금했어. 그래서 할아버지처럼 샘물을 마셨지.

听完年轻人的话后，奶奶觉得很惊讶，于是就喝了泉水。

그리고 물에 비친 자신의 젊어진 모습을 보며 기뻐했어.

看到自己泉水中映照的样子，她开心地笑着。

마음씨 고약한 할아버지는 소문을 듣고 샘이 나 어쩔 줄을 몰랐어.
마음씨 고약한 할아버지는 바로 마음씨 착한 할아버지에게 달려가 어떻게 된 일이냐고 물어보았지.
听到老爷爷和老奶奶变年轻的传闻后，黑心爷爷生气了，便去善良的爷爷那里问他到底是怎么回事。
그래서 마음씨 착한 할아버지는 샘물에 대해 알려주고 말았어.
无奈之下，善良的爷爷告诉了他秘密。

걱정이 된 마음씨 착한 노부부는 마음씨 고약한 할아버지를 찾으러 샘으로 갔지.

由于担心，于是心地善良的这对夫妇去泉水里寻找了坏爷爷。

그런데 할아버지는 없고 웬 갓난아기가 있는 게 아니겠어?

但那里却有个婴儿，而不是爷爷。

고약한 할아버지가 젊어지고 싶은 욕심에 샘물을 너무 많이 마셨던 거야.

坏脾气的爷爷想变成年轻，所以他喝了太多的水。

마침 아기를 좋아했던 부부는 갓난아기를 착하고 배려심이 깊은 아이로 잘 키웠지.

恰巧想生孩子的夫妻，就好好地养育了这个孩子。

바보 온달

傻瓜 温达

옛날 고구려*에 평강이라는 어린 공주가 살았어.

很久以前，高句丽生活着一个叫平康的小公主。

그런데 그 공주는 지독한 울보였지. 공주가 하루 종일 울어대니, 궁궐이 조용한 날이 없었어.

那个公主是个爱哭鬼，因为公主每天都会哭，所以宫殿里没有一天可以安静下来。

*고구려 : 한국의 고대 왕국

*高句丽 : 韩国的古代王国

그러던 어느 날, 보다 못한 임금님이 따끔하게 공주에게 말했어.

有一天，国王看不下去了，就狠狠地对公主说:

“어허, 그렇게 자꾸 울면 바보 온달에게 시집을 보낼 것이다!”

“如果你再哭的话我就把你嫁给傻瓜温达！”

그러자 신기하게도 공주는 울음을 뚝 그쳤어.

神奇的是，公主听到这句话后就立马停止哭泣。

임금님은 바보 온달이 공주가 울음을 그치는데 제일 효과있는 방법이라는 것을 알았지.

国王发现傻瓜温达是让公主停止哭泣最有效的方法。

그때부터 공주가 울 때마다 바보 온달에게 시집보낸다고 해서 공주의 울음을 그치게 했지.

从此，每当公主哭的时候就会说:“哭的话，就会嫁给傻瓜温达”，从而使公主停止哭泣。

하루는 평강공주가 유모에게 물었어.

一天，平康公主问保姆。

“유모, 바보 온달이 누구야?”

“保姆，傻瓜温达是谁啊？”

“공주님, 온달은 거지처럼 누더기 옷을 입고 히죽히죽 웃으면서

동네 사람들에게 밥을 얻으러 다니는 바보랍니다.”

“公主，温达是一个穿着像乞丐的人，嬉皮笑脸地向村里人讨饭的傻瓜。”

“정말?” 유모의 말을 들은 평강공주는 깜짝 놀랐어.

“真的？”听到保姆的回答，公主惊呆了。

세월이 흘러 공주는 어엿한 열여섯 살의 처녀가 됐어.

随着时间的流逝，公主长成了一个亭亭玉立的十六岁少女。

임금님은 평강공주를 불러 말했어.

国王对平康公主说：

“너도 이제 시집갈 나이가 되었구나.

내가 고구려에서 제일 잘나가는 집안의 아들을 사윗감으로 정해 놓았단다.”

“你也到该结婚的年龄了，我选了一个在高句丽最有出息的儿子做你的驸马。”

공주는 놀란 표정으로 임금님을 바라보며 말했어.

公主惊讶地望着国王说：

“아바마마, 그게 무슨 말씀이시옵니까? 아바마마께서는 제가 어릴 때부터 늘 저를 바보 온달에게 시집 보낸다고 하시지 않았습니까? 제 신랑감은 오직 온달뿐입니다.”

“父王，您这是什么意思？父王不是从小就对我说要把我嫁给傻瓜温达吗？

我的新郎只能是傻瓜温达。”

공주의 말에 임금님은 당황한 표정으로 공주를 바라보며 말했어.
听到公主话的国王惊讶地说:
"그건 그저 너의 울음을 그치게 하기 위해서 한 말이었다."
"那只是为了让你停止哭泣说说而已的。"
그래도 공주는 뜻을 굽히지 않았어.
但是公主并没有改变自己的主意。
"한 나라의 임금님이 어찌 헛된 말을 하시는 겁니까?"
"一个国家的国王怎么可以说空话呢?"
이 말을 들은 임금님은 화가 머리 끝까지 나서 공주님을 쫓아냈지.
听到这句话后怒发冲冠的国王把公主赶走了。

공주님은 궁궐에서 보따리 하나를 챙겨 궁궐에서 나왔어.

公主只拎着一个包袱从宫殿里走了出来。

궁궐에서 쫓겨난 공주는 동네 사람들에게 물어물어 온달을 찾아갔지.

从宫殿里赶出来的公主，一一询问村子里的人后，才找到了温达。

공주를 보자 온달은 놀라 소리쳤어.

看到公主后，温达惊讶地大声喊道。

"여기는 어린 여자가 올리 없는 곳이니 너는 사람이 아닌 귀신이겠구나, 썩 물러가!"

"这里可不是一个小女孩能找到的地方，但是你找到了这个地方，

那么，你肯定不会是人，该是个鬼！立即给我滚！"

그러나 공주는 한 발짝도 물러나지 않았지, 온달에게 시집을 꼭 가겠다고 고집을 부렸어.

可是公主寸步不离，执着的要嫁给温达。

온달 어머니가 방 안에서 나와 평강 공주에게 말했어.

温达的母亲从屋里走了出来，对平康公主说道:

"보시다시피 우리 집은 몹시 누추하여 귀한 분이 머물 곳이 못 됩니다.

더구나 못난 제 자식이 어찌 짝이 될 수 있겠습니까?"

"正如您所见，我们家简陋不堪，像公主一样尊贵的人无法在此居住。

何况我这个没出息的孩子怎么能做您的伴呢?"

공주는 결심한 눈빛으로 온달의 어머니를 바라보며 말했어.

公主坚定的眼神望着温达的母亲说道:

"가난하더라도 서로 믿고 도우면 그 어떤 어려움도 이겨 낼 수 있습니다. 부디 절 받아 주세요."

"即使贫穷，只要互相信任帮助的话，我相信任何困难都可以克服，过上好日子，请接受我。"

공주의 눈빛을 본 온달 어머니는 공주가 마음을 절대 돌리지 않을 것을 알았어.

마침내 온달과 평강공주는 혼례를 치렀지.

看到公主坚定的眼神，温达的母亲知道公主不会回心转意的，同意温达和平康公主结婚。

공주는 궁에서 가져온 보따리를 꺼내
보따리 속의 반짝이는 금반지랑 금팔찌를 모두 팔았어.
公主放下拎着的包袱，把里面的金戒指和金镯子都卖了。
그렇게 모은 돈으로 바보 온달에게 살림과 공부, 활과 무술을 가르쳤지.
用那些钱教傻瓜温达学做家务，学习弓箭和武术。
훌륭한 가르침 덕분에 바보 온달은 날이 갈수록 똑똑해지고 힘이 세졌어.
因为她曾经受到过优秀的教导，温达与日俱增。

고구려에는 해마다 사냥 실력을 겨루는 대회가 있었어, 좋은 성적을 거둔 사람은 왕이 큰 상을 내렸지.

高句丽每年都会举办一场打猎比赛，在这个比赛中取得好成绩的人，国王会亲自颁发大奖。

평강공주는 이번 기회를 통해 온달이 임금님께 인정을 받으면 좋겠다고 생각했어.

平康公主认为，如果温达通过这次机会能得到国王的认可。

공주는 온달에게 진지한 표정으로 말했어.

平康公主用真诚的表情告诉温达：

“서방님, 반드시 우승하셔서 재주도 뽐내시고 아바마마께 사위로서 인정도 받으세요.”

“老公，你一定要夺冠，这样既可以充分表现您的才能，
又可以获得国王驸马的认可。”

온달도 진지한 표정으로 고개를 끄덕였어.

温达也用真诚的表情点了头。

그렇게 온달은 대회 전날까지 무술을 연습하고 또 연습해서,
대회가 열린 날에 사냥감을 제일 많이 잡았어.

就这样，温达直到比赛的前一天，
一遍又一遍地练习武术。
经过温达不断的努力，在举行大会的那天，
他捕获了最多的猎物。

대회가 끝나고 임금님은 온달을 불렀어. “사냥 솜씨가 정말 뛰어나구나, 이름이 무엇이냐?”
比赛结束后，国王说道：“打猎的手段真不错，你叫什么字？”
“제 이름은 온달이라고 합니다.” 임금님이 깜짝 놀라 물었어.
“我的名字叫温达。”国王大吃一惊，问道：
“온달? 정말 내 딸 평강공주의 남편인 그 바보 온달이란 말이냐?”
“温达? 难道真的是我的女儿平康公主的丈夫，傻瓜温达吗?”
“예, 그러하옵니다.”
“对，是的。”
“세상에! 바보 온달이 이렇게 늠름한 장부였단 말인가?”
“天啊！傻瓜温达竟然是这么相貌堂堂，武功高强的丈夫?”
그렇게 온달은 임금님에게 인정받았어.
就这样，温达得到了国王的认可。

임금님은 얼굴에 웃음을 띠며 평강공주를 불러 크게 칭찬하고 온달을 장군으로 임명했지.

皇帝面带笑容地叫了平康公主后，盛赞了平康公主和温达，

然后任命了温达为将军。

구미호
九尾狐
글 이수민 李受珉
그림 고미주 高渼宙

옛날옛날에 돈 많은 부자가 살았어.

很久很久以前，有一个富人。

그는 예쁜 아내와 세 명의 아들과 함께 하하 호호 살고 있었지.

他跟漂亮的夫人和三个儿子住在一起。

그런 행복한 부자에게도 고민이 하나 생겼어.

바로 딸이 갖고 싶은 거였어.

这样幸福的富人也是有苦恼的，

那就是他非常想要一个女儿。

부자는 아내와 함께 보름달이 뜨는 밤에

在满月升起的夜晚，

하늘에게 딸을 내려달라고 소원을 빌었어.

富人和他的夫人一起向山神许愿。

“삼신할머니, 삼신할머니, 저에게 어여쁜 딸 하나 주십시오.”

“三神婆*，三神婆，请给我们一个漂亮的女儿吧！”

*三神婆 : 在韩国民间信仰中，掌管怀孕，分娩及育儿的神仙。〔출처: 고려대 한한중사전〕

부자의 간절한 소원을 들은 삼신할머니는 화가 났어.
听到愿望的三神婆很生气。
“내가 너에게 아들을 세 명이나 주었는데,
또 딸을 달라? 참으로 욕심이 많구나.”
“我都给你了三个儿子，
你还想要个女儿？太贪心了！”
화가 난 삼신할머니는
구미호를 부자의 딸로 만들어 내려 보냈지.
于是生气的三神婆把九尾狐变成了夫妇的女儿。
“이것은 너의 욕심의 대가이다.”
“这就是你贪心的代价。”

1년, 2년, 3년, 시간이 지날수록
부자의 딸은 점점 예뻐졌어.

1年，2年，3年…… 随着时间的流逝，
富人的女儿也变得越来越漂亮了。

부자는 그렇게 커가는 딸을 보며
행복한 하루하루를 보내고 있었지.

富人看着渐渐长大的女儿，
每天都过的很幸福。

어느 날 아침, 부자의 첫째 아들은 외양간에서 소 한 마리가 죽어 있는 걸 보게 되었어.
有一天早上，富人的大儿子在牛棚里见到了一只死掉的牛。
그리고 그 사실을 부자에게 알렸지.
于是，他把这事情告诉了富人。
"아버지, 밤사이 안 좋은 일이 생겼습니다. 외양간으로 빨리 가 보셔야 할 것 같습니다."
"爸爸，昨天夜里好像发生了不好的事情，建议您去牛棚看看。"

그 소식을 들은 부자는 얼른 외양간으로 갔어.
정말로 밤사이 소가 쓰러져 죽어 있었어.
听到这话的富人赶紧去了牛棚，
发现健康的牛一夜之间真的死了。
간만 사라진 채 말이야.
经过调查发现，尸体很完好，只有牛肝不见了。
화가 난 부자는 첫째 아들에게
소를 죽인 범인을 잡으라고 명령했어.
愤怒的富人命令大儿子今晚一定要抓住杀害牛的犯人。

그날 밤, 첫째 아들은 볶은 콩을 씹으며, 외양간 주변에 숨었어.

那天晚上，大儿子吃着熟炒的豆子，躲在牛棚附近等杀牛犯。

한 시간이 지나자, 갑자기 여동생이 방에서 나왔어.

一个钟头以后，他看见妹妹从屋里出来。

여동생은 공중에서 갑자기 한 바퀴를 돌더니 꼬리 아홉 달린 구미호로 변신하는 거야.

在空中翻了一下身子，突然变成了九个尾巴的狐狸。

그러고는 소의 간을 쑤욱 빼먹고 다시 사람으로 돌아왔어.

吃完牛肝后，又变回了人的样子。

놀란 첫째는 아버지한테 달려가 말했어.

大儿子吓坏了，赶紧跑回家告诉了爸爸：

"아버지, 막내 여동생이 사실은 구미호였습니다.

소를 죽인 범인도 여동생입니다. 여동생을 집에서 내쫓으세요!"

"爸爸！妹妹是九尾狐！杀害牛的犯人也是妹妹。把妹妹从家里赶出去吧！"

듣다가 화가 난 부자는 첫째 아들을 집에서 쫓아냈어.

富人听了大儿子的话非常生气，说：

"여동생을 모함할 생각이면, 집에서 당장 나가!"

"你怎么能冤枉你的妹妹，马上滚出这个家！"

집에서 쫓겨난 첫째 아들은 절에 들어갔지.

于是被爸爸赶出家的大儿子去了寺庙。

다음 날 밤에 부자는 둘째 아들을 불러 외양간을 지키게 했어.

第二天晚上，富人叫二儿子看牛棚。

외양간 주변에서 숨으면서 볶은 콩을 먹고 있던

둘째 아들은 여동생이 구미호로 변신해 소를 죽이는 장면을 보았어.

躲在牛棚里吃炒豆子的二儿子也看到了妹妹变成九尾狐吃牛肝的场景，想：

'형님의 말씀이 맞았구나! 내 여동생이 구미호라니…… 아버님께 말씀 드려야겠다.'

'哥说的话对了！快点得告诉爸爸。'

둘째 아들은 당장 부자에게 달려가 사실을 말했어.

二儿子马上跑回家里告诉爸爸。

부자는 아들의 말을 듣고 화를 냈어.

听到二儿子话，富人更加生气了，他说：

"네 이놈! 여동생을 모함하려 들어!
당장 이 집에서 썩 나가거라!"

"你居然也在冤枉你的妹妹，你也滚出这个家吧！"

집에서 쫓겨난 둘째 아들은 형을 따라 절로 들어갔어.

被赶出家门的二儿子跟着大儿子住进了寺庙。

다음 날 밤, 부자는 셋째 아들을 불러 외양간을 지키게 했어.

那天晚上，富人又把三儿子叫来，让他守着牛棚。

셋째 아들도 여동생이 구미호로 변신한 걸 보았지.

三儿子也看到了妹妹变成了九尾狐。

하지만, 형들처럼 집에서 쫓겨나지 않기 위해서 부자에게 거짓말을 했어.

为了不像哥哥们那样被赶出家门，他向富人撒了谎。

“아버님, 애초에 구미호란 건 존재하지 않습니다.
형들의 말은 전부 거짓입니다.
불안해 하지 마세요.”
“爸爸，九尾狐是不存在的，
哥哥们的话都是谎言，
别担心了。”
그러자 부자는 셋째 아들에게 후한 상을 내렸어.
于是富人给三儿子奖了赏。

10년 뒤, 쫓겨났던 두 형제는 자신의 부모님이 건강하게 계신지 확인하기 위해서 집으로 돌아가기로 결정했어.

10年后，被赶出去的两兄弟决定回家去拜访父母是否健康。

이제 절을 막 떠나려고 하는데,

当他们要离开时候，

절의 한 스님이 두 형제를 불러서 세 개의 호리병을 주는 거야.

一位寺庙和尚给了两个兄弟三个葫芦。

“이 병을 위험한 상황에 던지거라. 도움이 될 것이야.”

“你们在危险的时候，把这个瓶子扔出去，会对你们有帮助的。”

두 형제는 호리병을 챙기고 고향집으로 돌아왔어.

于是两个兄弟拿着葫芦瓶回到了家。

하지만, 둘이 알던 따뜻한 집은 귀신이 나올 법한 집으로 바뀌어 있었어.

但是，迎接他们的不再是自己熟悉温暖的家，而是像鬼屋一样阴森的房子。

두 형제는 문을 열고 집으로 들어갔어.

两个兄弟开门进屋。

집은 낡아졌고, 집안에서는 피 냄새만 났어.

家里破破烂烂的，满屋血腥味，看不到人生活的痕迹。

여동생만 그들을 반겼어.

这时妹妹出门迎接他们。

“오라버니! 오셨어요?

부모님과 막내 오라버니는 다 살인범에게 죽었고,

저 혼자만 살아남았어요…….”

“哥哥们！你们回来了?

爸爸妈妈和小哥哥都被杀人犯杀死了，

只有我活了下来。”

이상한 낌새를 느낀 두 형제는

여동생에게 물을 떠오라고 시키고는 도망갔어.

感到奇怪的两个兄弟让妹妹去取水,

然后逃跑了。

물을 뜨러 갔다가 두 형제가 도망간 걸 알자,

여동생은 재빨리 구미호로 변신해 둘을 쫓아갔지.

妹妹知道两兄弟逃跑了,

便迅速变身为九尾狐，追上了他们。

"나쁜 놈들 내가 물을 뜨러 간 사이 도망가다니!
오늘 꼭 네놈들의 간을 먹겠다!"
"混蛋！趁我去打水的时候逃跑！
今天一定要吃掉你们的肝！"
구미호는 요술을 부리며 금방
두 형제를 쫓아갔어.
九尾狐用了妖术，很快追上了两个兄弟。

위험을 느낀 첫째 아들은 첫 번째 호리병을 꺼내 구미호가 있는 곳으로 던졌어.

感到危险的大儿子拿出第一个葫芦瓶扔到了九尾狐所在的地方。

그러자 구미호 주변에 불바다가 생겨 구미호를 방해했지.

于是九尾狐周围变成了火海。

하지만,

但是，

구미호는 얼른 빠져나와 계속 두 형제의 뒤를 쫓아갔어.

九尾狐并没有没死，它逃了出来，再次追起了两个兄弟。

다시 위험을 느낀 첫째 아들은 두 번째 호리병을 던졌어.

再次感到危险的大儿子扔出了第二个葫芦瓶，

그러자 구미호 주변으로 가시밭이 생겨 가시가 구미호를 찔렀지.

九尾狐周围长出了荆棘丛，刺中了九尾狐。

구미호는 이번에도 빠져나와 두 형제를 쫓아갔어.

但九尾狐又逃了出来，继续追赶兄弟。

첫째 아들은

마지막으로 남은 호리병을 던졌어.

大儿子扔出了最后一个瓶子，

마지막 호리병은 물바다를 만들어

구미호를 물에 빠트렸어.

葫芦瓶变成了海水，把九尾狐淹没在水中。

그러자 구미호는 물에 휩쓸려 죽었지.

于是九尾狐被水淹死了。

구미호를 죽이고
두 형제는 서로를 바라보며 환하게 웃었어.
杀死九尾狐后，兄弟相视而笑。
그 후로 두 형제는 아름다운 가정을 이루며 살았어.
此后，他们一起努力，开始了幸福的新生活。

2. 한국의 창작동화
2. 韩国的自编童话

웃는 소녀. 아니, 우는 소녀

笑女孩。不，哭女孩

글 최재은 崔在恩

그림 최정현 崔丁玄

한 소녀가 있었어요.

친구들은 소녀를 아주 좋아했어요.

소녀는 항상 웃는 모습이였거든요.

从前有个小女孩，小女孩总是笑容满面的，所以朋友们都非常喜欢她。

하지만 소녀의 웃음에는 말할 수 없는 비밀이 있었어요.

但其实，小女孩微笑的背后藏着一个不能说出的秘密。

소녀가 웃을 때, 마음에는 상처가 생겼어요.

当女孩微笑的时候，她的心就会留下像刀割了一样的伤疤。

그 웃음은 소녀가 원하는 것이 아니었기 때문이죠.

她也知道，那微笑并不是她所想要的。

어느 날, 쌓아두었던 상처가 터져 나와 소녀는 소리를 질렀어요.

有一天，憋着的情感的她突然忍不住喷发出来了，并且尖叫的比谁都撕心裂肺。

그러자 친구들은 너무 놀라 하나둘 떠나갔어요.

于是，朋友们都吓得离开了。

친구들이 원한 소녀의 모습이 아니었거든요.

因为他们想要的样子并不是那样的。

우산도 없이 비를 맞으며 웅크리고 앉아 있던 소녀 앞에 한 소년이 나타났어요.

没有雨伞的女孩蹲在一旁，突然一个小男孩向他走向来了。

그리고 소녀에게 손을 내밀며 말했죠.

他伸着手，说道:

"울어도 괜찮아. 화내도 괜찮아. 너를 행복하게 만드는 건 친구들이 아니야.

네 마음의 상처를 위로해 주고 화해하는 거야."

"没事，哭吧。你尽情的向我发气也没事。但你知道吗？

让你感到幸福的并不是你的朋友。而是给你自己伤到的心一个安慰。"

그 말을 들은 소녀는 마음에게 속삭이며 말했어요.

听到这番话的女孩深受感动，对着她那幼小的心灵说道：

“미안해, 마음아. 그동안 많이 힘들었지? 이제 널 힘들게 하지 않을게.”

“对不起，小心灵…… 你这段时间很累了吧。以后…… 我再也不会让你感到伤心的。”

그때, 따뜻한 바람이 소녀의 몸을 감쌌고

那时，一阵暖风飘过，天气顿时变得风和日丽。

소년의 모습은 온데간데없었어요.

同时，小男孩也消失地无影无踪了。

소녀는 하늘을 바라보고 방긋 웃으며 말했어요.

"고마워. 친구야!"

小女孩看着刺眼的天空喜笑颜开的叫道:

"谢谢你！朋友！"

묘쌤과 멘토단
박진호
김예원
박채연
윤예림
조은빈
공민지
여지원
이보민
안제경
♥묘쌤♥

돌아오는 길

回家之路

저자 프로필, 그리고 후기

해님달님 | 김예원(金艺园)

여지원(吕智源)

2010년에 만나 인생의 반 이상을 함께한 친구

그러나……

12년 동안 같은 학교를 다녔으나 같은 반이 된 적은 단 두 번

그러나!

교실 간의 거리에도 우정은 멀어지지 않았고

함께 책쓰기를 하며 허한 마음을 달랠 수 있었다!

흥부놀부 | 이수연(李守软)

저자는 2004년에 태어나 이 책을 쓸 때에는 15살이었다.

이름은 이수연이며 상해한국학교에 다니고 있다.

취미는 음악 듣기, 좋아하는 것은 동물이다.

동물 중에서도 특히 강아지를 좋아한다.

현재 강아지를 키우고 있으며, 반려견의 이름은 흰눈이라고 한다.

사람들이 종종 흰둥이로 오해해서 스트레스를 받기도 한다.

이 책을 쓰게 된 계기는 학교 행사인 '야심한 독서캠프'에 참가해서였다. 어떤 주제로 쓸지 고민하던 중 선생님께서 전래동화를 중국어로 번역해 보면 어떻겠냐고 물어보셨고 좋은 것 같아 이 주제를 골랐다. 나는 이 책을 계기로 중국 사람들이 우리나라 설화에 대해 알아주었으면 한다. 그리고 갑작스럽게 물어보았지만 흔쾌히 삽화 제작을 해 준다고 한 그림 작가 김인하에게 매우 고맙다. 아마 인하가 없었으면 이 책을 만드는데 많은 어려움이 있었을 것이다. 이 책을 번역 전문가가 번역을 한 게 아닌 학생이 번역한 것이라 번역에 실수가 있을 수도 있지만 그것들은 귀여운 실수로 봐주었으면 한다.

젊어지는 샘물 | 박서윤(朴叙润)

출생 : 2004. 7. 28.

학교 : 상해한국학교

특기 : 클라리넷 연주, 아이돌 덕질, 멍 때리기

특징 : 중국에서만 살았음.

좋아하는 것 : 단 거, 친구들이랑 놀기

취미 : 노래 듣기, 예능과 드라마 보기

내 15년 인생에서 책을 쓰게 될 줄은 몰랐었다. 그래서 책을 쓰게 되었을 때 설레면서도 걱정이 앞섰다. 하지만 책을 다 완성하고 나니 정말로 뿌듯하다.

이 책은 한국 사람이라면 모두 알 만한 한국의 전래동화를 중국어로 번역하였다. 평소에 '내가 왜 중국에 살아서 중국어를 배워야 할까……'라는 생각이 들 때도 있었지만 이번에 '내가 중국어를 배우길 잘했다'라는 생각이 들었다. 중국어를 알게 되면 많은 사람에게 도움이 될 수 있고 또 내 생각을 더 많은 사람들에게 전달할 수 있다는 것을 이번 기회에 확실히 느꼈다. 이 책을 읽고 중국의 학생들은 한국의 전래동화에 더 관심을 갖게 되고, 중국어를 공부하는 한국 분들은 중국어 공부를 익숙한 우리나라의 전래동화로 할 수 있다고 생각하니 책 쓰는데 더 큰 의미를 갖게 된 것 같다.

바보 온달 | 신예원(申义元)

상해에 사는 한국학교 15살 소녀가 직접 번역하고 만든 전래 동화이다.
맵고 기름지고 짠 음식을 좋아해서 중국음식을 매우 좋아한다.
사실 한식보다는 중식을 더 선호하고 좋아하며,
일주일에 두 번씩은 꼭 중식을 먹어 줘야 한다.
중식 중, 마라샹궈라는 각종 야채를 매운 소스와 함께 볶은 볶음 요리를 좋아한다.

이 책을 다 완성한 나는 매우 뿌듯하고 기쁘다. 내가 직접 번역하고 쓴 이 전래동화를 다른 나라 사람들한테 보여 주고, 우리나라의 전통 문화를 멀리 알릴 수 있어서 매우 기쁘다. 내가 이 전래동화를 쓰면서 가졌던 제일 큰 고민은 이야기가 너무 길어지는 것이었다. 분량이 너무 길면 어린독자들이 읽으면서 지루함을 느낄 것 같아 걱정이 되었다. 그래서 불필요한 내용을 지웠는데, 지우다 보니 또 이야기의 흐름이 안 맞는 것 같았다. 그래서 결국 많이 못 지웠다. 내가 전래동화를 만들면서 느낀 점은 책 한 권을 만들기 위해서는 매우 힘든 과정을 거쳐야 하지만, 그 힘든 과정을 거치는 중에 우리는 더 성장하고, 또한 힘든 과정을 많이 거친 만큼 그에 대한 결과물의 빛은 더 밝게 난다는 것이다. 힘들었지만, 이번 밤샘독서를 통해 책을 만듦으로써 또 하나의 값진 추억과 경험이 생겼다고 생각한다!

구미호 | 이수민(李受珉)

나는 상해한국학교에 다니는 학생이다. 또는 한창 사춘기를 겪으며 편식도 하고, 짜증도 내고, 괜히 삐뚤어지고 싶고, 한창 이리저리 치이고 할 과정을 겪고 있는 15살이기도 하다. 그런 사춘기를 이겨 내고 내가 이 책을 내고 싶은 이유는 내 소원을 이루고 싶기 때문이다. 어렸을 때부터 내 소원은 죽기 전에 책 한 권이라도 내보는 것이다. 그리고 다른 사람들이 내 책을 읽으면서 웃고, 울고, 감동 받는 얼굴을 보고 싶었다. 그리고 그 소원을 나는 이룬 것 같다. 이 저자 소개는 내 인생에서 가장 인상 깊은 글일 것이다.

이 책은 내가 얼떨결에 낸 책이다. 처음에 아무것도 모르고, 독서캠프라는 곳에 들어가 책을 쓰게 되었다. 책을 쓰는 과정은 매우 험난했다. 쉽게 끝날 줄 알았는데, 예상 외로 복잡하기도 했고, 어렵기도 했다. 그래도 좋은 경험이 되었고, 추억이 되었다. 아직 나의 "구미호 이야기"는 많이 부족하다. 그래도 독자들이 즐겁게 읽는다면 정말 행복할 것이다.

웃는 소녀. 아니, 우는 소녀 | 최재은(崔在恩)

한창 고민도 걱정도 많을 나이 열여덟,

터져 나오는 수많은 감정들을 주체하지 못하고 울기도 참 많이 울었던 열여덟,

친구들과의 문제와 세상에 대한 불만들 다 뒤로하고 공부를 1순위에 두기에 바빴던 억울한 나의 열여덟을 끝내고 이제 곧 인생의 터닝포인트를 맞이할 열아홉으로 조심스레 한걸음 내디디려 하는 저는, 최재은입니다.

커서 동화작가를 하지 않는 이상, 살면서 동화책을 직접 쓸 수 있는 기회가 또 있을까? 내가 특별히 줄글 형식의 글도, 포토에세이 형식의 글도 아닌 동화책을 선택한 이유는 나의 복잡하고 미묘한 감정을 독자들에게 보다 간단하고 흥미로운 방법으로 전하고 싶었기 때문이다. 나는 이 책을 쓰면서 가슴 한편에 자리 잡고 있던 나의 우울함과 어두웠던 어린 시절을 떠올려볼 수 있었다. 열두 살밖에 되지 않았던 어린아이가 중국이라는 낯선 땅에 와서 서러운 게 어찌나 많았는지 새삼 귀엽게 느껴지기도 했다. 그때 그 시절 나에게는 하늘이 무너질 정도로 힘들고 심각했던 일들이 지금은 하나의 이야기 소재가 되어 이렇게 동화책으로 만들어진다는 것이 굉장히 뿌듯하고 나 자신이 자랑스럽다. 나는 이 책이 어쩌면 과거의 나와 비슷한 고민을 가지고 살아가는 현재의 어린 친구들에게 조금이나마 힘과 응원이 되었으면 하는 바람이다.

편집자들의 후기

2017년에 이어 2018년에도 편집자로서 상해닻별 2호의 책에 우리의 손길을 듬뿍 묻혔다. 나름 경력자이기 때문에 잘할 수 있을 거라는 자신이 있었다. 그러나 이 자신은 곧 자만이었음을 깨달았다. 입시가 끝나고 사막처럼 황폐해진 몸을 이끌고 편집하는 것은 매우 힘겨운 일이었다. 저질 체력에 비해 욕심은 많아서 편집 과정 내내 앓는 소리만 나왔다. 그래도 중도 하차하지 않고 끝까지 이 레이스를 완주하게 해 준 고마운 존재들이 있다. 이들에게 후기를 통해 감사 인사를 전하고자 한다.

먼저, 한국의 문학을 중국에 알리자는 기특한 생각으로 의미 있는 글을 쓴 상해닻별 2호 학생 저자들에게 감사를 표한다. 책을 만드는 목적 자체가 뜻깊기 때문에 편집하면서 계속 뿌듯한 감정이 가슴 깊은 곳에 자리매김하고 있었다. 물론 중국어는 이번 책의 편집에 가장 큰 걸림돌이기도 했다. 컴퓨터에 설치된 중문 글꼴이 몇 없으니 아는 검색엔진을 총동원하여 20개가 넘는 글꼴을 설치하고 일일이 비교했던 것이 아직도 기억에 남는다. 이 외에도 숱한 역경과 고난을 겪었지만 가치 있는 글을 편집한다는 생각으로 견딜 수 있었다.

둘째로, 수려한 삽화로 눈을 즐겁게 해 준 미술부에게 감사를 전한다. 삽화를 볼때마다 마이너스대인 우리의 시력이 1.x으로 올라가는 듯한 느낌이 들었다. 각 글의 분위기에 딱 맞는 그림에 감탄한 것이 한두 번이 아니다. 책에 삽화가 최대한 예쁘게 실릴 수 있도록 더욱 열심히 편집했다.

마지막으로, 이 책이 나오기까지 그 누구보다도 헌신하신 김묘연 선생님께 감사드린다. 선생님 덕분에 편집이라는 새로운 영역에 발을 담글 수 있었고, 선생님의 무조건적인 신뢰와 격려가 편집의 원동력이 되었다. 자꾸만 먹을 것을 요구하는 철없는 우리의 응석도 다 받아 주셔서 굶지 않고 꽉 찬 배처럼 풍족한 마음으로 편집에 임할 수 있었다. 몇 주를 철야작업에 매달린 선생님의 건강이 하루빨리 회복되기를 바랄 뿐이다.

편집자로서 함께 왼쪽의 후기를 작성했을 때에는 이렇게 대학생이 되어 저자 후기를 쓰게 될 줄 몰랐다. 중국에 한국 동화를 전한다는 책의 취지가 마음에 쏙 들어 편집자로서 큰 보람을 느꼈는데, 저자 목록에도 이름을 올리게 되어 영광이다. 이렇게 뜻깊은 책에 우리의 글을 한 편 싣고 싶다는 욕심과 어렸을 때 재미나게 읽은 〈해님달님〉이 더해지면 한껏 풍성한 책이 될 것이라는 기대로, 우리는 〈해님달님〉을 쓰게 되었다.

책쓰기 활동에 참여한 지도 거의 3년이 다 되어간다. 그렇지만 이전에는 우리 자신의 이야기를 풀어낸 단편 소설을 쓰거나 다른 친구들의 글을 한데 모아 책으로 만드는 작업에만 참여했기에, 동화의 내용을 정리하고 번역하는 것은 처음이었다. 처음이라 물론 해매는 일이 잦았다. 그러나 전에 다른 저자들이 어떻게 했는지 떠올려보며, 또 우리만의 색깔은 무엇이 있을지 고민해보며 우여곡절 끝에 〈해님달님〉을 완성할 수 있었다. 중국어를 공부할 때 간단한 해석은 해보았지만, 동화 같은 문학 작품을 번역하는 것은 처음이었다. 그래서 한국어 문장을 중국어로 번역할 때, 최대한 비슷한 의미로 전달될 수 있도록 많이 고민하고 노력했으니 좋게 봐 주셨으면 좋겠다. 삽화 역시 마찬가지였다. 목차 혹은 간지에 들어가는 작은 삽화만 그렸는데 한 이야기의 전체 삽화를 그리는 것은 처음이라 걱정이 앞섰다. 그러나 글의 분위기에 맞는 삽화를 구상하며 하얀 종이를 형형색색 물들여가는 과정은 기쁨이었다.

〈해님달님〉을 쓰고 그리며 항상 책쓰기는 새로운 매력을 장착하고 우리에게 다가온다는 사실을 깨달았다. 새로움의 물결에서 허우적거리다가도, 책쓰기는 교정을 누비며 열심히 책쓰기 활동에 참여하던 고등학생 시절과 동화를 즐겨 읽던 어린 시절의 추억을 꺼내 볼 수 있는, 낯익고 따뜻한 작업이기도 했다. 뜻깊은 경험을 하게 해준 이 책에 감사하며, 3년 동안의 책쓰기 여행을 이끌어 주신, 그리고 앞으로도 이끌어 주실 김묘연 선생님께 무한한 감사를 드린다.

이제 이 책이 성공적으로 세상에 나와 한국의 동화를 전한다는 목적을 달성할 수 있기를 바랄 뿐이다.

2020년 2월

김예원, 여지원이 함께 씀.

이 책을 꾸민 사람들

고미주 | 高渼宙

표지
구미호

고윤서 | 高允瑞

속표지

김인하 | 金璘霞

흥부놀부

서해은 | 徐海恩

젊어지는 샘물

이다은 | 李多恩

속표지

정우진 | 丁友振

바보 온달

최정현 | 崔丁玄

웃는 소녀. 아니, 우는 소녀

우리의 사진첩 〈야심한 독서캠프〉

나오돔
책쓰기의 묘미

2018 아실한 독서 캠프

HIP HOP

김은숙

제3회 야심한 독서캠프

제3회 야심한 독서캠프 책쓰기 저자 특강
이금희 〈오만방자한 책쓰기〉 | 김은숙 〈열하일기, 그 길 위에 서다〉 | 상해한국학교 학생 저자 조은빈, 박채연 〈꽃다발 한아름〉
일시 | 2018. 9. 21.(금)
장소 | 상해한국학교

갓묘연♡
②

우리의 사진첩 〈상해닻별 2호–'한국 동화의 중국 나들이' 저자〉